초급영어회화
만큼은 하는
영작문 기술

초급영어회화 만큼은 하는 영작문 기술

발 행 | 2019년 5월 15일

저 자 | 김솔

펴낸이 | 한건희

펴낸곳 | 주식회사 부크크

출판사등록 | 2014.07.15.(제2014-16호)

주 소 | 서울특별시 금천구 가산디지털1로 119 SK트윈테크타워 A동 305호

전 화 | 1670-8316

이메일 | info@bookk.co.kr

ISBN | 979-11-272-7263-0

www.bookk.co.kr

초급영어회화 만큼은 하는 영작문 기술

김솔 지음

매일 쓰는
일상 표현으로 영작하기

영작을 힘들어하는 경우가 많습니다. 어렵게 생각하면 한이 없습니다. 중요한 것은 항상 쓰는 회화 문장을 이용해 영작 연습을 하면 쉽게 할 수 있다는 것입니다. 특별히 어려운 문장이, 새로운 문장이 사용되는 것이 아닙니다. 늘 쓰는 문장, 밥 먹듯이 매일 하는 말을 영작하는 것으로 시작해봅시다.

매일매일

영어회화 영작 40일

초급 수준만큼만 합시다

영어를 써야 하는 사람과 대면하거나 통화해야 하는 순간, 게다가 필요한 것이 있어 구체적으로 요청할 사항을 전달해야 한다고 가정해 보세요. 그런 상황들은 언제나 일어납니다. 말을 유창하게 잘 해야 하는 것은 어렵습니다. 손으로 먼저 써보고 만들어보면 영어가 좀 더 쉽게 다가갈 수 있습니다. 일상 영어회화 문장을 제대로만 익혀두면 됩니다. 어렵지 않습니다. 매일 하나씩, 부담이 없잖아요. 영어회화 패턴을 사용하는 문장 3개씩 만들어보세요. 이렇게만 해도 영어에 자신감이 생깁니다.

Contents

영작 1 처음 만났을 때 11
영작 2 대화를 자연스럽게 이끌 때 13
영작 3 출신에 대해 이야기할 때 15
영작 4 통성명 할 때 17
영작 5 취미에 대해 이야기할 때 19

영작 6 기간을 설명할 때 21
영작 7 대화를 마무리할 때 23
영작 8 대화를 마무리할 때 25
영작 9 다음 만남을 기약할 때 27
영작 10 사람을 소개할 때 29
영작 11 동창임을 이야기할 때 31

영작 12 하는 일을 설명할 때 33
영작 13 아는 사람을 만났을 때 35
영작 14 상대방의 안부를 물을 때 37
영작 15 가족의 안부를 물을 때 39

영작 16 의견, 감상을 물어볼 때 41
영작 17 장단점을 물을 때 43
영작 18 있고 없음을 이야기할 때 45
영작 19 무엇을 예측할 때 47
영작 20 임박해 있음을 표현할 때 49

영작 21 '날씨가 개다'의 표현 51
영작 22 계획을 물을 때 53
영작 23 추측 또는 반응하기 55
영작 24 원래 의도를 이야기할 때 57
영작 25 다니는 학교 물어볼 때 59

영작 26 전공을 물어볼 때 61
영작 27 직업을 물어볼 때 63
영작 28 여가 시간을 어떻게 보내는지 물어볼 때 65
영작 29 관심사를 이야기할 때 67
영작 30 취미를 묻는 질문에 대답하기 69

영작 31 가입 의사를 물어볼 때 71
영작 32 가입 결정을 말할 때 73
영작 33 가입 조건을 물어볼 때 75
영작 34 화제를 전환할 때 77
영작 35 조심스럽게 다른 이야기를 꺼낼 때 79

영작 36 화제를 바꿀 때 81
영작 37 상품의 위치를 물어볼 때 83
영작 38 상품 관련 질문을 할 때 85
영작 39 추천을 부탁할 때 87
영작 40 가격을 물어볼 때 89

영작

Test → Answer

영작 1 처음 만났을 때

다음 주어진 단어를 이용해 문장을 만들어보세요.

meet
만나서 반갑습니다.

see
만나서 반가워요.

Pleased
저도 만나서 반갑습니다.

Nice
만나서 반가워요.

영작 1 처음 만났을 때

Glad to meet you. 만나서 반갑습니다.

처음 만났을 때 할 수 있는 인사로 가장 빈번하게 쓰이는 표현 중의 하나입니다. 이외에도 Nice to meet you. Good to see you. 등 여러 가지 표현을 쓸 수 있으니 다양하게 활용해 보세요.

Great to see you.
만나서 반가워요.

Pleased to meet you, too.
저도 만나서 반갑습니다.

Nice to see you.
만나서 반가워요.

영작 2 대화를 자연스럽게 이끌 때

다음 주어진 단어를 이용해 문장을 만들어보세요.

heard
말씀 많이 들었어요.

from Lauren
로렌에게서 말씀 많이 들었어요.

a lot of nice things
당신에 대해 좋은 얘기 많이 들었어요.

about it
그것에 대해 이야기를 많이 들었어요.

영작 2 대화를 자연스럽게 이끌 때

I've heard a lot about you. 말씀 많이 들었어요.

사람을 소개 받아 서로 처음 인사를 나누고 자연스럽게 대화를 이끌어 나가면서 할 수 있는 말입니다. 상대방의 기분을 고려해서 I've heard a lot of good things about you. 라고 하면 대화 분위기가 더 좋아질 수 있겠죠?

I've heard a lot about you from Lauren.
로렌에게서 말씀 많이 들었어요.

I've heard a lot of nice things about you.
당신에 대해 좋은 얘기 많이 들었어요.

I've heard a lot about it.
그것에 대해 이야기를 많이 들었어요.

영작 3 출신에 대해 이야기할 때

다음 주어진 단어를 이용해 문장을 만들어보세요.

you were from
뉴욕 출신이시라고 들은 것 같은데요.

Where ~ from
어디 출신이신가요?

by any chance
혹시 서울 출신이신가요?

Where in Korea
한국 어디에서 오셨나요?

영작 3 출신에 대해 이야기할 때

I think I heard you were from NewYork.
뉴욕 출신이시라고 들은 것 같은데요.

출신에 대해 'I'm from…'을 쓴다는 것을 배웠을 텐데요. 이 패턴을 위와 같이 활용해볼 수 있겠죠? 영어에서는 직접적으로 질문을 하는 것보다는 'I think…'와 같은 표현을 활용하여 대화를 이끌어가는 경우가 많다는 점도 알아두면 좋겠습니다.

Where are you from?
어디 출신이신가요?

Are you from Korea by any chance?
혹시 서울 출신이신가요?

Where in Korea are you from?
한국 어디에서 오셨나요?

영작 4 통성명 할 때

다음 주어진 단어를 이용해 문장을 만들어보세요.

call
알렉스라고 불러주세요.

Feel free
편하게 알렉스라고 부르셔도 되요.

You can
알렉스라고 부르셔도 되요.

Please just
그냥 제이라고 부르세요.

영작 4 통성명 할 때

Please call me Alex. 알렉스라고 불러주세요.

처음 만나서 서로 인사를 나누고 보통 통성명을 하게
되죠. 처음 만난 경우 호칭을 어떻게 해야 할지 난감
한 경우가 많은데 '그냥 (편하게) ~라고 부르세요'
라는 의미로 위와 같은 표현을 쓸 수 있습니다.

Feel free to call me Alex.
편하게 알렉스라고 부르셔도 되요.

You can call me Alex.
알렉스라고 부르셔도 되요.

Please just call me Jay.
그냥 제이라고 부르세요.

영작 5 취미에 대해 이야기할 때

다음 주어진 단어를 이용해 문장을 만들어보세요.

marathons
저는 마라톤 뛰는 것을 좋아해요.

enjoy -ing
저는 영화 보는 것을 즐깁니다.

playing computer games
저는 컴퓨터 게임 하는 것을 좋아해요.

taking a walk
저는 산책하는 것을 좋아해요.

영작 5 취미에 대해 이야기할 때

I like running marathons. 저는 마라톤 뛰는 것을 좋아해요.

취미에 대해 가장 간단하게 쓸 수 있는 표현입니다. 물론 My hobby is… 라는 표현을 쓸 수도 있겠지만 I like ~ing, I enjoy ~ing, I love ~ing 등을 활용하여 좀 더 자연스럽고 다양하게 표현해보세요.

I enjoy watching movies.
저는 영화 보는 것을 즐깁니다.

I love playing computer games.
저는 컴퓨터 게임 하는 것을 좋아해요.

I like taking a walk.
저는 산책하는 것을 좋아해요.

영작 6 기간을 설명할 때

다음 주어진 단어를 이용해 문장을 만들어보세요.

for a couple of years
마라톤 한 지 몇 년 되었어요.

for this company
이 회사에서 10년째 일하고 있습니다.

go out with him
그와 연애한 지 2년째이다.

playing golf
골프친지 3년이 되었다.

영작 6 기간을 설명할 때

I've been running for a couple of years. 마라톤 한 지 몇 년 되었어요.

'~한지 며칠/몇 개월/몇 년이 되었다'라고 할 때에는 현재완료진행을 쓰면 되는데요, 막상 회화를 할 때에는 금방 생각이 나지 않는 경우가 있습니다. 자연스럽게 입에서 나올 수 있도록 많이 연습해 두시기 바랍니다.

I've been working for this company for 10 years.
이 회사에서 10년째 일하고 있습니다.

I've been going out with him for 2 years.
그와 연애한 지 2년째이다.

I've been playing golf for 3 years.
골프친지 3년이 되었다.

영작 7 대화를 마무리할 때

다음 주어진 단어를 이용해 문장을 만들어보세요.

should get going
이제 가봐야만 할 것 같아요.

be going now
미안한데 지금 가야 할 것 같아요.

I can't come
죄송하지만 저는 못 갈 것 같아요.

bad news
미안하지만 나쁜 소식이 있어.

영작 7 대화를 마무리할 때

I'm afraid I should get going now. 이제 가 봐야만 할 것 같아요.

즐겁게 대화를 나누고 자리를 마무리할 때 쓸 수 있는 표현입니다. 원래 afraid는 '두려워하다, 걱정하다'라는 의미인데요, 상대방에게 불편한 이야기를 해야 할 때, 미안한 이야기를 꺼내야 할 때 'I'm afraid…'라고 하면 좀 더 부드럽고 예의 있게 들립니다.

I'm afraid I have to be going now.
미안한데 지금 가야 할 것 같아요.

I'm afraid I can't come.
죄송하지만 저는 못 갈 것 같아요.

I'm afraid I have bad news.
미안하지만 나쁜 소식이 있어.

영작 8 대화를 마무리할 때

다음 주어진 단어를 이용해 문장을 만들어보세요.

nice talking
이야기 나눠서 즐거웠어요.

good talking
대화 즐거웠어요.

nice to talk
대화 즐거웠어요.

nice meeting
만나서 즐거웠어요.

영작 8 대화를 마무리할 때

It's been nice talking to you. 이야기 나눠
서 즐거웠어요.

역시 대화를 나누고 자리를 마무리할 때 쓸 수 있는
표현입니다. 대화가 즐거웠다, 만나서 반가웠다는 의
미이며 It's been을 생략하고 간단하게 Nice
talking to you.라고 할 수도 있습니다.

It's been good talking to you.
대화 즐거웠어요.

It's been nice to talk to you.
대화 즐거웠어요.

It's been nice meeting you.
만나서 즐거웠어요.

영작 9 다음 만남을 기약할 때

다음 주어진 단어를 이용해 문장을 만들어보세요.

get together sometime
언제 또 만날 수 있으면 좋겠어요.

see you again
다음에 또 만납시다.

see you later then
그럼 나중에 봅시다.

get together
언제 또 봅시다.

영작 9 다음 만남을 기약할 때

Maybe we could get together sometime. 언제 또 만날 수 있으면 좋겠어요.

나중에 또 만나자고 할 때 쓸 수 있는 표현입니다. 친한 사이에서는 이보다는 좀 더 간결하고 가볍게 'See you later', 'Catch you later' 라고 쓸 수 있습니다.

I hope to see you again.
다음에 또 만납시다.

I'll see you later then.
그럼 나중에 봅시다.

Let's get together sometime.
언제 또 봅시다.

영작 10 사람을 소개할 때

다음 주어진 단어를 이용해 문장을 만들어보세요.

introduce you to
내 친구 소개시켜줄게

want ~ to
탐을 소개해줄게.

be introduced
우리는 서로 통성명을 했어요.

introduce my wife
네 아내를 소개하겠습니다.

영작 10 사람을 소개할 때

I'd like to introduce you to my friend. 내 친구 소개시켜줄게

'introduce somebody to somebody'는 만나본 적이 없는 두 사람을 서로 소개시켜 줄 때 쓸 수 있는 표현입니다. 그냥 간단하게 'introduce somebody'라고 써도 되고 somebody에 myself를 넣으면 '자기 소개를 하다'라는 의미가 됩니다.

I want you to meet Tom.
탐을 소개해줄게.

We've been introduced.
우리는 서로 통성명을 했어요.

I'd like to introduce my wife.
네 아내를 소개하겠습니다.

영작 11 동창임을 이야기할 때

다음 주어진 단어를 이용해 문장을 만들어보세
요.

same high school
우리는 고등학교 동창이야.

went to ~ together.
우리는 고등학교 동창입니다.

high school classmates
그는 내 고등학교 동창이야.

in the same class
우리는 학교 다닐 때 같은 반이었어.

영작 11 동창임을 이야기할 때

We went to the same high school. 우리는 고등학교 동창이야.

학교 동창이라고 누군가를 소개할 때 'alumnus'라는 단어를 사용할 수도 있겠지만 그냥 간단하게 '같은 학교를 다녔었다'라고 말하면 자연스러운 표현이 됩니다.

We went to high school together.
우리는 고등학교 동창입니다.

He was one of my high school classmates.
그는 내 고등학교 동창이야.

We were in the same class at school.
우리는 학교 다닐 때 같은 반이었어.

영작 12 하는 일을 설명할 때

다음 주어진 단어를 이용해 문장을 만들어보세
요.

a publishing company
그녀는 출판사에서 일해.

for a bank
그는 은행에서 일합니다.

with her sister
그녀는 여동생과 같은 회사에서 근무한다.

as a secretary
나는 그 회사에서 비서로 일했었다.

영작 12 하는 일을 설명할 때

She works for a publishing company. 그녀는 출판사에서 일해.

다른 사람을 소개할 때 빠지지 않는 내용이 '직업'일 것입니다. 이 때 유용하게 쓰일 수 있는 표현이 있는데 'work for'입니다. for 다음에 일하는 곳을 넣어서 표현하면 '~에서 근무하다'라는 표현이 됩니다.

He works for a bank.
그는 은행에서 일합니다.

She works for the same company with her sister.
그녀는 여동생과 같은 회사에서 근무한다.

I worked for that company as a secretary. 나는 그 회사에서 비서로 일했었다.

영작 13 아는 사람을 만났을 때

다음 주어진 단어를 이용해 문장을 만들어보세요.

What a surprise to
여기서 널 만나다니 뜻밖이야!

Look who
이게 누구야!

What a surprise
이렇게 만나다니 웬일이야!

Fancy meeting
여기서 만나다니 반갑다!

영작 13 아는 사람을 만났을 때

What a surprise to meet you here! 여기서 널 만나다니 뜻밖이야!

아는 사람을 우연히 만났을 때 쓸 수 있는 표현입니다. 그냥 간단하게 What a surprise!만 써도 의미가 통합니다. 아는 외국인을 뜻밖의 장소에서 만난다면 이 표현을 유용하게 써먹을 수 있겠죠?

Look who's here!
이게 누구야!

What a surprise to see you!
이렇게 만나다니 웬일이야!

Fancy meeting you here!
여기서 만나다니 반갑다!

영작 14 상대방의 안부를 물을 때

다음 주어진 단어를 이용해 문장을 만들어보세
요.

How
어떻게 지냈어?

How's ~ with you?
어떻게 지내고 있어?

How are ~ going
근황이 어때?

getting along?
잘 지내고 있어?

영작 14 상대방의 안부를 물을 때

How have you been? 어떻게 지냈어?

오랫동안 만나지 못했던 친구의 안부를 물을 때 이런 표현을 씁니다. How have you been doing?이라고 써도 같은 의미가 됩니다. 그 밖에 이런 상황에서 쓸 수 있는 표현이 다양하니 많이 연습해 보세요.

How's everything with you?
어떻게 지내고 있어?

How are things going with you?
근황이 어때?

How have you been getting along?
잘 지내고 있어?

영작 15 가족의 안부를 물을 때

다음 주어진 단어를 이용해 문장을 만들어보세요.

How is ~ doing?
가족들은 잘 지내고?

How's
가족들은 잘 계시고?

How's ~ doing?
네 여동생은 잘 있어?

How's ~ doing?
어머니는 안녕하시니?

영작 15 가족의 안부를 물을 때

How is your family doing? 가족들은 잘 지내고?

친구를 우연히 만났을 때 친구의 안부와 함께 가족은
어떻게 지내는지도 자주 묻게 되죠. 이럴 때 쓸 수
있는 표현입니다. 주어를 바꾸어 가면서 문장을 연습
해보세요.

How's your family?
가족들은 잘 계시고?

How's your sister doing?
네 여동생은 잘 있어?

How's your mother doing?
어머니는 안녕하시니?

영작 16 의견, 감상을 물어볼 때

다음 주어진 단어를 이용해 문장을 만들어보세요.

How do you like
여기 생활은 어떠세요?

How do you like
내 새로운 헤어스타일 어때?

How do you like
혼자 사는 거 어때?

How do you like
네 새로운 상사는 어때?

영작 16 의견, 감상을 물어볼 때

How do you like living here? 여기 생활은 어떠세요?

How do you like…?는 어떤 것에 대해 상대방의 의견이나 감상을 물을 때 쓸 수 있는 표현입니다. like 뒤에 명사 또는 동명사를 넣어 표현합니다. 또한 자신이 새로 산 물건이나 스타일이 어떤지 상대방에게 물어볼 때에도 이 표현을 쓸 수 있습니다.

How do you like my new hairstyle?
내 새로운 헤어스타일 어때?

How do you like living on your own?
혼자 사는 거 어때?

How do you like your new boss?
네 새로운 상사는 어때?

영작 17 장단점을 물을 때

다음 주어진 단어를 이용해 문장을 만들어보세요.

What's good and bad
서울에 살아서 좋은 점과 나쁜 점은 뭔가요?

What's good and bad
이 도시의 장단점은 뭡니까?

What's good and bad
결혼의 장단점은 뭐예요?

What's good and bad
룸메이트와 같이 사는 것의 장단점은 무엇이죠?

영작 17 장단점을 물을 때

What's good and bad about living in Seoul?
서울에 살아서 좋은 점과 나쁜 점은 뭔가요?

어떤 것에 대한 장단점이 무엇인지 물을 때 쓸 수 있는 표현입니다. about 다음에 다양한 명사나 동명사를 넣어서 많이 연습해 보세요.

What's good and bad about this city?
이 도시의 장단점은 뭡니까?

What's good and bad about marriage?
결혼의 장단점은 뭐예요?

What's good and bad about living with a roommate?
룸메이트와 같이 사는 것의 장단점은 무엇이죠?

영작 18 있고 없음을 이야기할 때

다음 주어진 단어를 이용해 문장을 만들어보세요.

There are many
즐길 만한 흥미로운 것들이 많죠.

There is no
이야기할 사람이 아무도 없다.

There isn't
내 차를 주차할 공간이 전혀 없다.

There are many
여기 주변에 볼 만한 흥미로운 것들이 많다.

영작 18 있고 없음을 이야기할 때

There are many interesting things to enjoy.
즐길만한 흥미로운 것들이 많죠.

There is/are 구문은 자주 쓰이는 표현입니다. 뒤에
to부정사를 덧붙이면 '~할 것[사람]이 있다'의 의
미가 되죠. to부정사에 어떤 동사를 넣느냐에 따라
아주 다양하게 활용할 수 있는 유용한 표현입니다.

There is no one to talk to.
이야기할 사람이 아무도 없다.

There isn't any space to park my car.
내 차를 주차할 공간이 전혀 없다.

There are many interesting things to see
around here.
여기 주변에 볼만한 흥미로운 것들이 많다.

영작 19 무엇을 예측할 때

다음 주어진 단어를 이용해 문장을 만들어보세요.

It looks like / rain
비가 올 것 같아.

It looks like / snow
눈이 올 것 같아.

It looks like / cold
추워질 것 같아.

It looks like / nice day
화창한 날이 될 것 같아.

영작 19 무엇을 예측할 때

It looks like it's going to rain. 비가 올 것 같아.

look like는 '~처럼 보이다'라는 의미입니다. look like 뒤에는 명사(구) 또는 절이 올 수 있는데 예문에서는 it's going to rain이라는 절이 왔죠. 연결해보면 비가 올 것처럼 보인다라는 의미가 됩니다. 날씨가 어떨 것 같다고 예측할 때 It looks like it's going to~를 이용하면 되겠죠?

It looks like it's going to snow.
눈이 올 것 같아.

It looks like it's going to get cold.
추워질 것 같아.

It looks like it's going to be a nice day.
화창한 날이 될 것 같아.

영작 20 임박해 있음을 표현할 때

다음 주어진 단어를 이용해 문장을 만들어보세요.

around the corner
봄이 얼마 안 남았다고 생각했는데.

The summer vacation
여름 방학이 곧 시작된다.

Christmas
이제 곧 크리스마스이다.

New Year's day
이제 설날이 얼마 안 남았다.

영작 20 임박해 있음을 표현할 때

I thought spring is just around the corner.
봄이 얼마 안 남았다고 생각했는데.

어떠한 시기나 사건이 임박해 있음을 표현할 때 around the corner를 쓰면 됩니다. just를 붙이면 강조의 의미가 더해지겠죠. 모퉁이만 돌면 바로 무엇인가가 나타난다는 느낌을 머릿속에 기억해두시고 다양한 예문들을 통해 연습해보세요.

The summer vacation is just around the corner.
여름 방학이 곧 시작된다.

Christmas is around the corner.
이제 곧 크리스마스이다.

New Year's day is just around the corner.
이제 설날이 얼마 안 남았다.

영작 21 '날씨가 개다'의 표현

다음 주어진 단어를 이용해 문장을 만들어보세요.

I hope it
오후에 날씨가 개었으면 좋겠어.

died down
바람이 잔잔해졌다.

The rain already
비가 벌써 그쳤다.

come out again
오후에 다시 해가 나왔다.

영작 21 '날씨가 개다'의 표현

I hope it clears up this afternoon. 오후에
날씨가 개었으면 좋겠어.

날씨가 안 좋다가 화창하게 개는 경우가 있죠. 이 때
clear up을 쓸 수 있습니다. 바람이 잔잔해진다고 할
때는 die down을 씁니다. 그럼 비가 온 뒤 '해가 나
오다'는 어떻게 표현할까요? 간단하게 come out을
쓰면 됩니다. 다음 예문으로 연습해보세요.

The wind has died down.
바람이 잔잔해졌다.

The rain already stopped.
비가 벌써 그쳤다.

In the afternoon the sun has come out again.
오후에 다시 해가 나왔다.

영작 22 계획을 물을 때

다음 주어진 단어를 이용해 문장을 만들어보세요.

any plans for
이번 주말에 무슨 계획 있어?

plans for this weekend
주말 계획이 뭐야?

anything special planned
주말에 무슨 특별한 계획 있어?

Any plans for
주말에 계획 있어?

영작 22 계획을 물을 때

Do you have any plans for this weekend? 이번 주말에 무슨 계획 있어?

계획이 있는지 물을 때 쓸 수 있는 표현입니다. 'Do you have~', 또는 의문사 What 등을 이용해서 물을 수 있습니다. 전치사 for에 묻고 싶은 시기, 날짜 등을 넣어서 for this weekend, for this holiday, for this Sunday 등으로 표현하면 됩니다.

What are your plans for this weekend?
주말 계획이 뭐야?

Do you have anything special planned for this weekend?
주말에 무슨 특별한 계획 있어?

Any plans for this weekend?
주말에 계획 있어?

영작 23 추측 또는 반응하기

다음 주어진 단어를 이용해 문장을 만들어보세
요.

Sounds like
이번 주말에 굉장히 바쁜 것 같구나.

not at home now
지금 너 집 아니구나.

very excided
너 굉장히 들뜬 것 같구나.

in a hurry
너 굉장히 급한 것 같구나.

영작 23 추측 또는 반응하기

Sounds like you're very busy this weekend.
이번 주말에 굉장히 바쁜 것 같구나.

상대방이 하는 이야기를 듣고 '~한 것 같다'라는 추측이나 반응을 나타내는 표현입니다. 앞에 It이 생략된 구문으로서 sounds like 다음에 주어, 동사가 들어간 절을 써서 표현하면 됩니다.

Sounds like you are not at home now.
지금 너 집 아니구나.

Sounds like you're very excided.
너 굉장히 들뜬 것 같구나.

Sounds like you are in a hurry.
너 굉장히 급한 것 같구나.

영작 24 원래 의도를 이야기할 때

다음 주어진 단어를 이용해 문장을 만들어보세요.

ask you to
같이 쇼핑 가자고 하려고 그랬지.

tell you the truth
사실을 말하려고 했었어.

pay you back
네게 돈을 갚으려고 했었어.

ask you to help me
날 좀 도와달라고 부탁하려고 했었는데.

영작 24 원래 의도를 이야기할 때

I was going to ask you to go shopping together. 같이 쇼핑 가자고 하려고 그랬지.

원래 그러려고 했다는 의도를 표현할 때 쓸 수 있는 표현으로 'I was going to~'가 있습니다. 'I intended to~'와 같은 의미가 됩니다. to 뒤에는 동사 원형을 써줍니다.

I was going to tell you the truth.
사실을 말하려고 했었어.

I was going to pay you back.
네게 돈을 갚으려고 했었어.

I was going to ask you to help me.
날 좀 도와달라고 부탁하려고 했었는데.

영작 25 다니는 학교 물어볼 때

다음 주어진 단어를 이용해 문장을 만들어보세요.

go to school
어느 학교에 다녀요?

Where did
어느 고등학교에 다녔어요?

Do you
학생인가요?

영작 25 다니는 학교 물어볼 때

Where do you go to school? 어느 학교에 다녀요?

어느 학교에 다니는지 물어볼 때 일반적으로 사용하는 질문입니다. '어느 학교' 하면 'Which school ~'이라는 표현을 많이 떠올리지만 Where do you go to school?을 사용해서 물어보세요. 대답할 때는 '~학교에 다녀요.' 라는 뜻의 I go to … school.이라는 표현을 씁니다.

Where did you go to school?
어느 학교에 다녔어요?

Where did you go to high school?
어느 고등학교에 다녔어요?

Do you go to school?
학생인가요?

영작 26 전공을 물어볼 때

다음 주어진 단어를 이용해 문장을 만들어보세
요.

study
무슨 공부를 하나요?

your major?
뭐에요?

major in
전공이 뭐에요?

major
전공이 뭐였어요?

영작 26 전공을 물어볼 때

What do you study? 무슨 공부를 하나요?

대학교에 다니는 경우 전공이 무엇인지 물어볼 때 사용하는 질문입니다. 상황에 따라 전공이 아닌 연구 분야나 평소에 즐겨 공부하는 분야를 물어보는 질문으로 쓸 수도 있습니다. 대답할 때는 I study … 또는 My major is …라고 합니다.

What's your major?
뭐에요?

What do you major in?
전공이 뭐에요?

What was your major?
전공이 뭐였어요?

영작 27 직업을 물어볼 때

다음 주어진 단어를 이용해 문장을 만들어보세요.

for a living
무슨 일을 하세요?

your job
직업이 무엇입니까?

occupation
직업이 무엇입니까?

line of business
어떤 직종에 종사하고 있나요?

영작 27 직업을 물어볼 때

What do you do for a living? 무슨 일을 하세요?

직업이 무엇인지 물어볼 때 일반적으로 많이 사용하는 질문입니다. for a living을 생략하고 What do you do? 라고만 쓸 수도 있습니다. 현재진행형을 사용해서 What are you doing? 이라고 하면 '(지금) 무엇을 하고 있니?' 라는 전혀 다른 뜻의 문장이 됩니다.

What's your job?
직업이 무엇입니까?

What's your occupation?
직업이 무엇입니까?

What line of business are you in?
어떤 직종에 종사하고 있나요?

영작 28 여가 시간을 어떻게 보내는지 물어볼 때

다음 주어진 단어를 이용해 문장을 만들어보세요.

in your free time
시간이 날 때 주로 무엇을 하나요?

your hobbies
취미가 뭐에요?

a favorite pastime
취미가 무엇인가요?

when you have some free time
시간이 날 때 무엇을 하나요?

영작 28 여가 시간을 어떻게 보내는지 물어볼 때

What do you do in your free time? 시간이 날 때 주로 무엇을 하나요?

여가 시간을 어떻게 보내는지 알게 되면, 그 사람이 어떤 것을 좋아하는지 쉽게 알 수 있습니다. 특별한 취미가 있는지 물어보면서 대화를 해보세요. 여가 시간은 free time, spare time, leisure (time)이라고 표현합니다.

What are your hobbies?
취미가 뭐에요?

Do you have a favorite pastime?
취미가 무엇인가요?

What do you do when you have some free time?
시간이 날 때 무엇을 하나요?

영작 29 관심사를 이야기할 때

다음 주어진 단어를 이용해 문장을 만들어보세
요.

your interests
음악 외에 관심사가 뭐에요?

in history
역사에 관심이 있나요?

in jazz
나는 재즈에 관심이 아주 많다.

into fashion deign
난 패션 디자인에 관심이 아주 많아.

영작 29 관심사를 이야기할 때

What are your interests besides music? 음악 외에 관심사가 뭐에요?

관심사와 취미에는 약간의 차이가 있습니다. 관심(interest)보다는 취미(hobby)가 활동(activity)에 더 초점을 맞춘 것입니다. 예를 들어 취미가 피아노라면 피아노 치는 것을 좋아한다는 것이고, 피아노에 관심이 있다는 것은 공연 관람 등 피아노에 관련된 전반적인 것을 좋아한다는 의미입니다.

Are you interested in history?
역사에 관심이 있나요?

I'm very interested in jazz.
나는 재즈에 관심이 아주 많다.

I'm really into fashion deign.
난 패션 디자인에 관심이 아주 많아.

영작 30 취미를 묻는 질문에 대답하기

다음 주어진 단어를 이용해 문장을 만들어보세요.

a horror movie
내 취미는 공포영화를 보는 거에요.

My favorite pastime
내 취미는 체스 게임이다.

in particular
나는 특별한 취미가 없어요.

any particular hobbies
난 별다른 취미가 없어요.

영작 30 취미를 묻는 질문에 대답하기

My hobby is watching a horror movie. 내 취미는 공포영화를 보는 거에요.

취미를 물어보는 질문에 대한 대답에 가장 일반적으로 쓰는 표현입니다. 물론 앞에서 배운 I like ~, I enjoy ~, I love ~ 등의 표현도 많이 사용합니다.

My favorite pastime is playing chess.
내 취미는 체스 게임이다.

I have no hobbies in particular.
나는 특별한 취미가 없어요.

I don't have any particular hobbies.
난 별다른 취미가 없어요.

영작 31 가입 의사를 물어볼 때

다음 주어진 단어를 이용해 문장을 만들어보세요.

join a social club
동호회에 가입할 계획 있어요?

social club
어느 동호회에 가입했나요?

joining a social club
동호회에 가입하는 게 어때요?

any social club
특별히 관심 있는 동호회가 있어요?

영작 31 가입 의사를 물어볼 때

Do you have any plan to join a social club?
동호회에 가입할 계획 있어요?

동호회에 가입할 계획이 있는지 물어볼 때 사용하는 표현입니다. 동호회 가입을 통해 같은 관심사를 가진 사람들과 친분을 쌓을 수 있습니다. 동호회는 social club이라고 하며, 인터넷 동호회는 club on the internet 또는 online club이라고도 합니다.

Which social club are you in?
어느 동호회에 가입했나요?

How about joining a social club?
동호회에 가입하는 게 어때요?

Do you have any social club you are interested in?
특별히 관심 있는 동호회가 있어요?

영작 32 가입 결정을 말할 때

다음 주어진 단어를 이용해 문장을 만들어보세요.

join the tennis club
테니스 동호회에 들기로 결정했어.

join the movie club
영화 동호회에 가입하기로 결정했어.

join a swimming club
수영 동호회에 가입할 계획이야.

joining a book club
독서 클럽에 가입하려고 해.

영작 32 가입 결정을 말할 때

I decided to join the tennis club. 테니스 동호회에 들기로 결정했어.

'decide to + 동사원형'은 '~하려고 결정하다'라는 뜻을 나타내는 구문입니다. decide의 명사형인 decision을 써 'made a decision to + 동사원형' 구문을 쓸 수도 있습니다.

I made a decision to join the movie club.
영화 동호회에 가입하기로 결정했어.

I'm planning to join a swimming club.
수영 동호회에 가입할 계획이야.

I'm thinking about joining a book club.
독서 클럽에 가입하려고 해.

영작 33 가입 조건을 물어볼 때

다음 주어진 단어를 이용해 문장을 만들어보세요.

any requirement for j
동호회 가입 조건이 있나요?

join the club
그 동호회에 가입하기가 어렵나요?

attend every week
동호회에 가입하면 매주 나가야 하나요?

become a new member of the club
동호회의 신입 회원이 되려면 무엇을 준비해야
하나요?

영작 33 가입 조건을 물어볼 때

Is there any requirement for joining the club? 동호회 가입 조건이 있나요?

동호회에 가입하기 위해서 특별한 가입 조건이 필요한 경우도 있습니다. 가입 조건을 물어볼 때 일반적으로 사용하는 표현입니다.

Is it difficult to join the club?
그 동호회에 가입하기가 어렵나요?

Do I have to attend every week if I join the club?
동호회에 가입하면 매주 나가야 하나요?

What should I prepare to become a new member of the club?
동호회의 신입 회원이 되려면 무엇을 준비해야 하나요?

영작 34 화제를 전환할 때

다음 주어진 단어를 이용해 문장을 만들어보세
요.

change the subject
화제를 바꿉시다.

move on
다음 주제로 넘어가도 될까요?

shift
우리 대화를 바꿉시다.

turn to
다른 화제로 바꿔도 될까요?

영작 34 화제를 전환할 때

Let's change the subject. 화제를 바꿉시다.

대화 도중에 화제를 바꿀 때 사용하는 표현입니다. subject는 지금 하고 있는 대화의 주제나 화제를 가리킵니다. subject와 비슷한 뜻으로 topic을 쓸 수도 있습니다. '~합시다'라는 의미로 Let's를 쓰거나, '~해도 될까요?'라는 의미의 'Can we[I] ~?'를 쓰기도 합니다.

Can we move on to the next topic?
다음 주제로 넘어가도 될까요?

Let's shift our conversation.
우리 대화를 바꿉시다.

Can we turn to another subject?
다른 화제로 바꿔도 될까요?

영작 35 조심스럽게 다른 이야기를 꺼낼 때

다음 주어진 단어를 이용해 문장을 만들어보세요.

Not to
화제를 돌리는 건 아니지만 …

I don't mean
화제를 돌리는 건 아니지만 …

Not to
말씀을 가로막으려는 것은 아니지만 …

I'm sorry to
말씀을 중단해서 죄송하지만 …

영작 35 조심스럽게 다른 이야기를 꺼낼 때

Not to change the subject, but … 화제를 돌리는 건 아니지만 …

상대방이 기분 나쁘지 않게 조심스럽게 다른 이야기를 꺼낼 때 사용하는 표현입니다. 꼭 윗사람이나 어른이 아닌 친구 사이라도 조심스럽게 화제를 바꿀 때도 사용할 수 있습니다.

I don't mean to change the subject, but …
화제를 돌리는 건 아니지만 …

Not to interrupt or anything, but …
말씀을 가로막으려는 것은 아니지만 …

I'm sorry to break off your saying, but …
말씀을 중단해서 죄송하지만 …

영작 36 화제를 바꿀 때

다음 주어진 단어를 이용해 문장을 만들어보세
요.

Speaking of
말이 나온 김에 …

think of (it) …
…을 생각해 보니

reminds me (of) …
그러고 보니 …

그건 그렇고 …

영작 36 화제를 바꿀 때

Speaking of which … 말이 나온 김에 …

어떤 이야기를 나누다가 그 주제와 관련된 어떤 것이 떠올라 화제를 바꿀 때 사용하는 표현입니다. '그 말을 들으니 생각이 났는데' 라는 뜻으로 사용됩니다.

= Come to think of (it) …
… 을 생각해 보니

= That reminds me (of) …
그러고 보니 …

= By the way …
그건 그렇고 …

영작 37 상품의 위치를 물어볼 때

다음 주어진 단어를 이용해 문장을 만들어보세요.

look
…을 (사려고) 찾고 있어요.

your sunglasses
선글라스는 어디에 있나요?

show me
배낭 있나요?

find me
이 바지와 어울리는 재킷을 찾아주시겠어요?

영작 37 상품의 위치를 물어볼 때

I'm looking for … …을 (사려고) 찾고 있어요.

쇼핑을 하기 위해서는 우선 사려고 하는 물건을 어디에서 파는지 알아야겠죠. 'look for ~'를 쇼핑할 때 쓰면 '~을 (사려고) 찾다'라는 뜻을 나타냅니다. 그밖에 물건의 위치를 물어보는 표현으로 'Where do you keep ~?' 또는 'Can you show[find] ~' 등을 쓸 수도 있습니다.

Where do you keep your sunglasses?
선글라스는 어디에 있나요?

Can you show me backpacks?
배낭 있나요?

Can you find me some jackets to go with these pants?
이 바지와 어울리는 재킷을 찾아주시겠어요?

영작 38 상품 관련 질문을 할 때

다음 주어진 단어를 이용해 문장을 만들어보세요.

try
이거 입어봐도 되나요?

a smaller size
한 치수 작은 거 있어요?

anything cheaper
더 싼 것은 없나요?

another one
다른 걸로 보여 주세요.

영작 38 상품 관련 질문을 할 때

Can I try this on? 이거 입어봐도 되나요?

쇼핑을 할 때 원하는 상품을 한번에 고르기는 쉽지 않죠. 의류의 경우 치수 등을 확인해 보기 위해 착용을 해 보고 사기도 합니다. 그 때 착용해봐도 괜찮은지 점원에게 물어볼 때는 'try ~ on'을 써서 표현합니다. 복수인 경우에는 these를 써서 Can I try these on? 이라고 써야 합니다.

Do you have a smaller size?
한 치수 작은 거 있어요?

Do you have anything cheaper?
더 싼 것은 없나요?

Can you show me another one?
다른 걸로 보여 주세요.

영작 39 추천을 부탁할 때

다음 주어진 단어를 이용해 문장을 만들어보세요.

anything to suggest
권해 주실 만한 것이 있나요?

anything to recommend
추천해 주실 만한 것이 있나요?

recommend something
저에게 추천을 해 주시겠어요?

go well with
이 드레스에는 어떤 구두가 어울릴까요?

영작 39 추천을 부탁할 때

Do you have anything to suggest? 권해 주실 만한 것이 있나요?

어떤 상품을 사야 할지 정하지 못했거나, 디자인 등에 대해 잘 모를 때는 점원에게 추천을 부탁하기도 합니다. 그때는 '추천하다'라는 뜻의 suggest나 recommend를 써서 표현합니다.

Do you have anything to recommend?
추천해 주실 만한 것이 있나요?

Could you recommend something for me?
저에게 추천을 해 주시겠어요?

What shoes will go well with this dress?
이 드레스에는 어떤 구두가 어울릴까요?

영작 40 가격을 물어볼 때

다음 주어진 단어를 이용해 문장을 만들어보세요.

How much
이거 얼마에요?

the sale price
세일 가격은 얼마에요?

How much
얼마를 드려야 하죠?

the total?
모두 해서 얼마죠?

영작 40 가격을 물어볼 때

How much is it? 이거 얼마에요?

쇼핑을 할 때 가장 중요한 것 중에 하나는 가격입니다. 상품의 가격을 물어볼 때 사용하는 가장 일반적인 표현은 How much is it? 입니다. What's the price?와 같이 의문사 What을 써서 가격을 물어볼 수도 있습니다.

What's the sale price on it?
세일 가격은 얼마에요?

How much do I owe you?
얼마를 드려야 하죠?

What's the total?
모두 해서 얼마죠?